小空间住宅设计

50位新锐设计师的设计精选

时尚·雅致风格

木土如月 等编著

机械工业出版社

CHINA MACHINE PRESS

"小空间住宅设计"精选当今国内50位新锐室内设计师的189个中小户型案例,并以8种不同的居家风格进行分类展示,共分为4册,每册重点推出两种风格,分别是:现代•简约风格、时尚•雅致风格、自然•田园风格和简欧•中式风格。丰富的案例、多元的风格,可以为中小户型装修人士提供更多的选择。

　　书中对每一套案例进行了设计解析,包括各个空间的布局规划、改造方式和设计要点等,在给读者提供中小户型住宅装修设计指导的同时,还为读者推荐一批优秀的室内设计师。这些设计师活跃于当今各大室内设计网络论坛,是深受网友追捧的新一代设计师。读者可以从案例中领略到不同设计师的不同设计风采。

　　同时,书中穿插了189条设计师谈关于小空间住宅设计、装修、施工、保养、材料选购以及省钱技巧等方面的知识与方法,从专业的角度给读者以有益的指导。

图书在版编目(CIP)数据

　　小空间住宅设计:50位新锐设计师的设计精选.时尚•雅致风格/木土如月等编著.—北京:机械工业出版社,2011.9
　　ISBN 978-7-111-35552-6

　　Ⅰ.①小… Ⅱ.①木… Ⅲ.①住宅-室内装修-建筑设计 Ⅳ.①TU767

　　中国版本图书馆CIP数据核字(2011)第157396号

　　机械工业出版社(北京市百万庄大街22号　邮政编码100037)
　　策划编辑:宋晓磊　责任编辑:宋晓磊
　　责任印制:杨　曦
　　保定市中画美凯印刷有限公司印刷
　　2011年9月第1版第1次印刷
　　210mm×285mm•5印张•100千字
　　标准书号:ISBN 978-7-111-35552-6
　　定价:29.80元

前言

有些人受空间的影响，认为小空间只能设计成简约型的风格。其实只要采用适当的装饰、装修方式，各种家居风格都是可以在小空间中体现的。书中精选的189个中小户型案例就囊括了多种风格，我们将其进行分类分册编排，共分为4册，包括现代•简约风格、时尚•雅致风格、自然•田园风格和简欧•中式风格，小空间也可以打造出各种风格。

为了让有限的家居空间有更多的发挥性，我们从当今50位新锐室内设计师的最新作品中精挑细选了189个不同形态空间的中小户型案例，并对每个案例进行设计解析，如各个空间的布局规划、改造方式和设计要点等。相信读者能从中获得改善居家品质的方法与技巧。

可能有些人会说小户型因为空间有限，所以装修不能随心所欲。其实，这是不正确的想法。只要我们在设计及装修时遵守一些必要的原则，就可以将家装扮成自己想要的样子。相信书中穿插的189条设计师谈关于小空间住宅设计、装修、施工、保养、材料选购，以及家居的饰品、植物、色彩等方面的知识与方法，可以给读者有益的指导。

对于我们来说，家，无论大小，重在营造出温馨的氛围和一份独属于你的个性生活。

最后，感谢参与本书编写的陈凌燕、贾吉东、郑艳萍、林芳、李宇、谢志飞、金花、孙真、胡春林、王粒丁、王焱、叶当风、曾剑、王磊、吴井辉、童元智、王彦娜、沈国礼、胡建军、姚飞、朱武明、阚宝海、王华桥等，正是由于他们的帮助与支持，本书才得以顺利出版，在此表示衷心的感谢。

contents
目 录

前言
时尚风格

雅致风格

时尚风格

Fashion style

刘耀成

中国注册室内设计师、IRIDA国际注册高级室内设计师

2008年，组建湖南省喜来登装饰公司刘耀成TOP设计师会所

评选为2008年中国室内设计30人

2007—2008年度中国20强新锐设计师

设计专长

家居空间、时尚餐厅、剧场设计及房地产的会所、售楼处、样板房等的装饰设计

175m²黑白格调 品位生活 >> 设计：刘耀成

设计元素：黑白主色、不锈钢线条、层次感极强的空间纵深

主要材料：轻钢龙骨、石膏板、石材、布艺软包、加厚水曲柳、防腐木、不锈钢、壁纸、环保乳胶漆调色、抛光砖、灰镜、画框等

设计解析 »

在本案例中，设计师大量采用黑色作为视觉基础，并在不同媒介材质间作为联系，大面积黑色木纹与白色墙面的组合强化了空间深度及层次。通过暖昧的灯光与暗沉的色彩，营造出内敛稳重与慵懒惬意并存的空间格调。每个空间细节都追求做工精良、材质高档和有型有格，为一家人的舒适生活量身打造，体现了高品位的生活享乐主义。

将严谨的工作间与放松的花园阳台打通串联，让这两个原本风格迥异的空间最终殊途同归，用冲突的手法向人们证明工作也可以是一种乐趣。花园内，郁郁葱葱、曲水流觞，宛如一个室内版的私家园林。除了书房和阳台外，其他空间也都以开放和通透的姿态向彼此敞开。白色为主的天花板、墙面和地板，配上浅色家具和通透的观景窗，让每一寸空间都通透明亮。而背景墙、地毯等部位恰到好处的黑色点缀，又为空灵的浅色空间注入了一丝重量感，也让整体更加时尚和富于层次变化。

这个作品还有一个最大的特点，就是植物元素的大量运用。除了花园阳台内的大株绿植外，客厅、餐厅、卧室和卫浴间等场所也都不乏绿植的身影，甚至连装饰画的主题以及卧室的背景墙都与此相关。这些绿植或大或小、形态各异、错落有致，将整个居室装点得生机四溢、清新自然。

小贴士

设计师谈植物在室内空间中的运用

　　植物在室内空间的配置中，要与整个大空间、大环境协调，与家具、墙漆（壁纸）、地板和所有的装饰材料和谐统一。例如，当用颜色较深的观叶植物或颜色较暗的花卉如龟背竹、垂榕布置室内空间时，整个房间的基调宜为亮色调；而在本来就较暗的室内，则宜采用花朵鲜亮、叶片淡绿的植物来衬托空间，可使整个居室生机勃勃。

132m²用原木营造放松的生活空间 ≫ 设计：刘耀成

设计元素：浅色木质元素的大量运用、局部红色点缀、相对开放的空间格局

主要材料：轻钢龙骨、石膏板、壁纸、环保乳胶漆调色、白橡木修色、镂空木雕、马赛克、抛光砖、合成木地板、画框等

小贴士

设计师谈红色在室内空间中的运用

　　红色是一种较难驾驭的强烈色彩，通常只做主题色来加以提亮。例如，红色的布艺沙发与局部背景的相互呼应，衬托出浪漫与时尚。红色通常与米色搭配使用，例如，选择米色墙面或地面等，来体现家的温馨。通过空间的色彩对比、区域的有机划分以及直线的线条与层次的呼应，让整个空间更加时尚和清新，同时也让空间更显明亮。

设计解析 》》

　　干净、通透、明亮是房间给人的第一感觉。没有对形式的过分强调，也没有仅仅外观漂亮却毫无用处的华丽设计，有的只是简约与实用、自然与本真，以及一种对返璞归真的情感价值的追求。

　　贯穿整体的清浅色调营造出一个无压的轻松空间，让人可以放松身心地沉醉其间，不被世俗所扰。家具、窗帘等配件也都在色彩上保持了高度的统一，而墙面上那些疏疏密密的线条凸起以及沙发上散落的色彩跳跃的印花抱枕，则在保证整体协调的同时制造出立体感，避免单调和一成不变。客厅和餐厅采用相对开放的设计，中间的镂空隔断清新灵动、隔而不断，与整体风格相得益彰。餐厅的家具及装饰画均以红色为主，提亮视觉的同时也起到了增进食欲的作用。墙面上飞翔的燕子掩饰不住主人对自然和自由的向往。与餐厅相呼应，卧室同样也采用红色作为主题色，最大限度地保证了整体的协调和统一。

60m²巧设收纳空间 >>> 设计：刘耀成

设计元素：兼具展示功能的收纳空间、层次分明的空间格局

主要材料：轻钢龙骨、石膏板、涂料、壁纸、清玻、饰面板、珠帘、银镜、浅色抛光砖、实木地板等

设计解析 》》

　　本案例的设计干净清爽，从色调到装饰都透着温馨的味道。摆设不多，但实用性都很强。尤其是卧室的墙面柜，收纳之余还是一处很难得的展示空间。

　　客厅空间方正宽敞，加上浅色本身的放大效果，使整体看起来更显通透。墙面采用相同设计，很好地保持了空间的统一性和整体性。即使是作为空间打造重点的电视背景墙也只是

用一块白色饰面板加以装饰，简简单单、清清爽爽。餐厅位于客厅一角，与客厅之间以珠帘相隔，充满若隐若现的朦胧美。圆弧形的设计和紧凑的格局同时暗合了中国传统观念中的"聚合"之意。主卧主打温馨牌，碎花壁纸与碎花床品的组合温馨柔美，洋溢田园气息。次卧兼做书房，长长的书桌与格子墙面柜为使用者提供了充足的收纳和展示空间。

小贴士

设计师谈如何处理发霉的壁纸

　　如果壁纸发霉的面积不是很大，建议直肥皂水或清洁剂等擦拭。如果处理不掉，则用布浸消毒酒精抹拭，就可以将发霉的痕迹去除；还有一种除霉方法就是使用漂白水，但它容易刺激皮肤，所以使用时一定要戴橡胶手套，并且要用水清洗；若面积比较大或比较严重，则建议更换壁纸。

贵树青

新晋室内建筑师、Carnot Eric设计事务署创始人之一

2009年成为英国ICDA国际建筑装饰室内设计协会室内建筑师
2009获得Adobe创意设计师称号

设计专长
样板房、别墅

擅长风格
欧美风格、现代简约风格

设计心语
在设计中寻找中庸之道

65m² 清新原木带来的时尚气质 　》》　设计：贵树青

设计元素：浅色原木、温馨的黄色灯光、连贯的通透格局
主要材料：轻钢龙骨、石膏板、涂料、原木、清玻、浅色抛光砖等

小贴士

设计师谈小户型的灯光设计要点

　暗藏式灯槽比大型主光源更适合小户型空间。在房间层高有限的情况下，使用局部吊顶，并在吊顶内暗藏灯槽，使光线匀射向顶棚再反射下来，通过照亮顶棚视线上移在视觉上增加空间高度。当房间的开间太小时，还可在其中一面墙上做藏式灯槽，这样在视觉上墙会产生浮动，显得空间更加灵动和轻盈。

设计解析 》》

　浅浅的原木带来扑面而来的清新气息，晕开的黄色光圈更添温馨味道。

　进门处的半人高玄关柜巧妙地将空间分隔开。玄关柜的后面依次是餐厅和客厅。餐厅空间有限，对称摆布的餐桌椅井然有序，简约的黑白配色和工业化流畅线条彰显时尚品味。旁边的红色冰箱充当了餐厅和客厅之间隐形隔断的角色。灰黑相间的条纹布艺沙发设计简约温馨，与空间氛围完美融合。连贯的墙面设计保持了空间的整体性，有放大视觉空间的效果。随处可见的绿植和鲜花让小小的空间充满了无尽的生机与活力。

83m²黑白空间巧收纳，提高实用度 ≫≫ 设计：贵树青

设计元素：黑白配色、横向条纹、反光材质

主要材料：轻钢龙骨、石膏板、涂料、壁纸、黑玻、硬包、浅色饰面板、珠帘、砖墙、复合木地板、镜面天花板等

设计解析 »»

　　本案例以冷峻的配色与紧凑的空间布局见长，客厅、餐厅、书房共处一室，却秩序井然，没有丝毫凌乱和拥挤感。

　　客厅走黑白简约路线，白色硬包与黑玻线条组合的沙发背景墙简单而又时尚，横向展开的线条同时还起到了延伸空间的作用。对面的电视背景墙则以黑色暗花壁纸搭配黑色橱柜，一黑一白交相辉映。白色棱纹皮质茶几与沙发完美搭配，白色的大面积使用也缓解了黑色墙面带来的沉闷感。沙发旁边的多余空间被单独辟出来，设计成了一个简易书房，墙角处依势而建的书架实现了对空间的充分利用。书房的旁边紧挨着阳台，简单地放把椅子就可以满足工作和学习之余的休憩需要。客厅与餐厅之间以透明珠帘相隔，这种隔而不断的方式不会破坏房间整体的通透性，在小户型空间中尤其适用。餐厅的长方形镜面天花板与餐桌在形状上上下呼应，搭配同样形状的珠帘吊灯更

臻完美。卧室大量选用浅米色和黄色，凸显温馨情调。床头的木质纹理洋溢淡淡的自然清香。

小贴士

设计师谈浅色皮质茶几的清洁与保养

皮质茶几不像玻璃和木质茶几，脏了用抹布轻轻一擦即可，需要格外小心呵护。作为日常保养，需要定期用干布擦拭，保持表面的干净与整洁。而且，由于其材质的特殊性，平时尽量少放茶水类物品，防止茶水倾洒，弄脏内里和表面。皮质茶几用久了会有一层黑黑的污渍，影响美观还难以清除。这时候可以用干净的抹布蘸上些许蛋清或纯牛奶在有污渍的地方反复擦拭，就可以使之恢复光亮。另外，也可以用香蕉皮或橘子皮之类擦拭皮质的表面，然后用半干的抹布擦干即可。

76m²几何线条改变空间气质 >>> 设计：贵树青

设计元素：多变的几何线条、黑白配色

主要材料：轻钢龙骨、石膏板、黑玻、银镜、板材、条纹地毯、布艺软包、浅色大理石地面等

设计解析 >>>

设计师通过几何线条的混搭与材质表面凹凸质感的打造，将黑白配玩出了不一样的时尚味道。

大大的落地窗为客厅与餐厅带来充足的光线，使整个公共空间看起来通体透亮、宽敞舒适。卡其绿色沙发在黑与白的世界里醒目地存在着。沙发和电视的两面背景墙虽然同样都是黑白配，但由于材质的差异与表面分割的不同而显得各具风情。在餐厅的整体设计中，黑色座椅是最大的亮点。富有艺术气息

的凌乱线条与墙上的抽象画一起，让空间更显前卫与时尚。卧室以黑色格纹布艺软包搭配灰白条纹地毯，理性、冷静，让人感觉异常整齐。

小贴士

设计师谈条纹地毯与卧室床品的搭配

用黑白条纹地毯布置卧室，可以轻易打破空间的沉闷，营造出成熟稳重又简洁利落的整体风格。在这样的卧室中搭配一套素净色彩的床品，或是带有镂空花朵图案的白色针织绣品，醒目而效果卓越，可以营造出充满优雅气质的卧室。

林志明

福建漳州立派空间设计创办人之一

中国建筑装饰协会会员

福建海峡设计网推荐会员

设计专长
住宅公寓、别墅设计

设计心语
少即是多

88m²条纹的空间拉伸魔法 》》 设计：林志明

设计元素：横向条纹墙面、白色背景
主要材料：轻钢龙骨、石膏板、涂料、壁纸、石材、黑玻、浅色原木饰面板、浅色抛光砖等

设计解析 》》

这套案例将现代简约的设计理念发挥到了极致，放眼望去，除了基本的功能设施外，几乎没有任何多余的装饰。而这种简约的背后正是现代都市人对时尚的另一种解读。

灰色的横条纹墙面贯穿整个客厅和餐厅，用相同的设计来统一不同的空间。富于变化的线条宽度避免了传统条纹元素的呆板感。沙发边柜上摆放的装饰画轻松打破墙面的沉闷。洗手台就隐藏在沙发背景墙的后面，水泥色的砖墙设计与客厅整体风格一脉相承。墙面柜采用半开放半收纳的组合设计，在保持空间整齐的同时兼具展示功能。

小贴士

设计师谈客厅内的开放式洗手台如何防潮

要保持空气的畅通及充足的采光，时常开启门窗或安装通风系统加强辅助。洗手时溅在地面上的水渍要及时擦净。此外还需挑选合适的除湿产品，如在客厅或洗手台附近放置除湿机等。而洗手台下方的小空间内则可适当放置木炭或竹炭，不仅可吸水汽，还有除臭的功效。

121m²原木铺陈出的自然空间 》》

设计：林志明

设计元素：大面积铺贴的原木、镜面背景墙

主要材料：轻钢龙骨、石膏板、涂料、黑玻、原木饰面板、茶镜、白色板材、实木地板等

设计解析 》》

打开房门，清新的自然气息扑面而来。地板上、墙面上，满眼的原木和深深浅浅的纹理让人仿佛置身于大自然的怀抱。

穿过长长的玄关走廊来到客厅，两面横向连贯设计的背景墙将空间纵深感无限延长。沙发也同样采用L形整体设计，与墙面相得益彰。茶色镜面与浅色原木拼接而成的沙发背景墙清新中富于变化，另一侧的电视背景墙用黑玻拼接凸显时尚。餐厅与客厅采用开放式设计，仅通过天花板形状加以区隔。圆形紧凑的餐桌椅布置也在造型上与天花板上下呼应。原木装饰的梁柱与地面连为一体，很好地保持了空间统一性。

小贴士

设计师谈原木地板与家具如何搭配

原木地板给人的感觉温馨自然，可以搭配米黄色系的家具，也可以搭配一些其他浅色系，如浅灰色、亚麻色等，但是应注意的是要选一种自己喜欢的色系做主色调，其他颜色搭配用。此外，地板的颜色也不宜太深，否则会显得突兀。

85m²一物两用的背景墙 >> 设计：林志明

设计元素：青灰色石材墙面、隔而不断的空间格局

主要材料：轻钢龙骨、石膏板、石材、涂料、银镜、浅色饰面板、大理石台面、浅色抛光砖等

小贴士

设计师谈小户型电视背景墙的设计要点

　　背景墙作为客厅装饰的一部分，它在色彩的把握上一定要与整个空间的色调相一致，而且尽量使用亮色，如淡雅的白色、浅蓝色、浅绿色等，都比较适合小户型。避免选择太深太刺的色调，容易让人心情沉重。需要注意的是，如果房间内还有窗帘，颜色一定要与墙面接近。样式上要简洁大方，不要考虑做太复杂的样式或放很多小饰品。如果选用天然的石材或木材等，要求材料的纹理一定要漂亮，并且在色彩上要和家具协调，以营造更好的艺术感觉。

设计解析 »

　　设计师大胆地将青灰色石材运用于墙面，石材表面泛起的微微光泽自然、不造作，让人倍感清爽。

　　客厅的布置追求舒适和便利，沙发、座椅、卧床一应俱全，多样化的布置满足不同的休闲需求。黑色烤漆材质茶几在周围浅色的空间中颇为显眼，带抽屉的设计让收纳有了更多选择。青灰色石材电视背景墙矗立在客厅与餐厅之间，既是背景墙也是隔断，一物两用。镶嵌其中的镜面丰富了墙面的层次，

同时也让空间看起来更显宽敞。为了使整体更为统一协调，窗帘也选用了近似的浅灰色调。电视墙的后面是相连的厨房和餐厅，一体化的设计最大限度地节省了空间。

70m²大气稳重黑色家 >>> 设计：林志明

设计元素：稳重的黑色、怀旧感中式软装

主要材料：轻钢龙骨、石膏板、涂料、壁纸、石材、银镜、马赛克拼贴、仿古地砖、复合木地板等

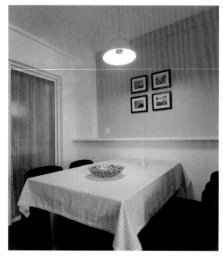

小贴士

设计师谈在家居装修中如何正确运用黑色

　　黑色是表达意境的高手，表面上看，黑色最能体现现代风格的简约、爽快、冷静，带给人稳重和力量。但在使用黑色过程中需要注意的是，与黑色搭配的其他装饰，如家具、建材等，同样需要极好的质感和品质。搭配红色、白色、紫色等颜色后，更能让黑色多一分惊艳和气质，并个性十足。

设计解析 »

　　本案例大量运用黑色与仿古石材，设计颇有年代感，充满浓重的怀旧气息。少了喧闹的色彩和华丽的点缀，追求一种复古的时尚。

　　无论是作为公共空间的客厅、餐厅，还是相对私密的卧室、卫生间，通通以黑色为主色调，而这种黑色因为经过了做旧处理和白缝勾勒，显得没有那么刺眼。由于地面和家具都以黑色为主，为了避免黑压压一片带来的沉闷感，客厅与餐厅的天花板及墙面都选择了最简单的空白设计，留出足够的空间让视觉得以缓冲。厨房的电器及吧台台面也同样主打轻松的白色系。餐桌上的奶白色方格桌布仿佛带我们回到了童年时光。卧室以黑色墙面搭配黑色床品营造静谧气氛，些许绿色提亮整体。黑色仿古砖铺就的卫浴间与洗手台透着一股沧桑的久远感觉，在风格上与整体空间保持一致。

孙野

沈阳思维室内设计工作室创始人

设计专长

别墅、高档住宅、餐饮娱乐、商业办公等装饰设计。

设计心语

坚持收费设计、设计先行、设计引导施工；坚持功能设计为体、视觉设计为衣，文化设计为魂；坚持独特魅力设计，量身定做；坚持硬装饰与软装饰的和谐统一；坚持经济成本合理运用；坚持原创设计

代表作品

锦绣蓝湾、巴黎世家、碧桂园、万科蓝桥圣菲、万科魅力之城、万科新渝、格林豪森、格林小城等

108m²直线条的简约概念 »» 设计：孙野

设计元素：黑白主色、直来直去的简约线条、极富凹凸感的立体墙面
主要材料：轻钢龙骨、石膏板、布艺软包、浅色饰面板、壁纸、环保乳胶漆调色、抛光砖、黑玻等

小贴士

设计师谈时尚风格的装饰材料与色彩设计

装饰材料与色彩设计为时尚风格的室内效果提供了空间背景。首先，在选材上多使用浅色木材、金属、涂料、玻璃以及合成材料，并且夸张材料之间的结构关系。其次，时尚风格的色彩设计受现代绘画流派思潮影响很大，通过强调原色之间的对比协调来追求一种具有普遍意义的永恒的艺术主题。此外，织物的选择对于整个色彩效果也起到点明主题的作用。

设计解析 »»

几何造型的多样化排列运用是本案例最大的特点，原本简单的方形和线条经过设计师的巧妙组合幻化出无穷的变化，让人耳目一新。

所有的主题墙、柱体及房门都是由凹凸有致的方格造型组合而成，营造出居室的动感风情。而清新的色彩和自然的纹理又让整体氛围越发地舒适亲切。在浅米色的大背景下，些许深色恰到好处地穿插其间，近乎完美的比例分配彰显主人不俗的时尚品位。

68m²反光材质混搭出的华丽风潮 >>> 设计：孙野

设计元素：反光材质、天然多变的纹理、花朵元素

主要材料：轻钢龙骨、石膏板、石材、印花壁纸、黑玻、硬包、工艺玻璃、雕花银镜、大理石地面、长毛地毯等

设计解析 >>>

本案例大胆地选用各种不同的反光材质进行混搭、铺陈，加上冷峻色调的渲染，第一眼就让人感觉高贵华丽、气质非凡。

作为居室公共空间的客厅和餐厅，着墨最多、也是最吸引眼球的地方要数墙面的设计。印花壁纸、工艺玻璃、雕花银镜、大理石一齐上阵，华丽的花朵元素与石材的天然纹理交相辉映，将整个空间装点得华彩纷呈。紫罗兰色沙发裹挟着神秘的高贵气息扑面而来。卧室的设计同样走华丽路线，毛皮地毯与硬包墙面凸显时尚品位。

小贴士

设计师谈装修成功运用紫色的小秘密

紫色调总是容易显得比本身真实的色彩要暗，因此可以在空间四壁中选择一个主要的墙面粘贴花案壁纸，来避免黯淡感。此外，还可以通过运用光泽感材质来使紫色看起来更明亮，例如华丽的丝绸、昂贵的天鹅绒等，在提亮色调的同时还能够增加层次感。

80m²黑白复古风潮 >>> 设计：孙野

设计元素：黑白复古色调、紫色局部提亮、印花元素

主要材料：轻钢龙骨、石膏板、涂料、石膏线条、壁纸、雕花玻璃、镜面天花板、大理石地面等

设计解析 >>>

简约的黑白色加上复古的花样、纹路，让整个居室充满浓郁的古典韵味。

客厅和餐厅选用开放式设计，通过天花板与地面的不同设计加以区隔，看上去秩序井然。沙发后的背景墙通过连贯的相同设计将客厅与餐厅两个空间连为一体，清新的配色，搭配规则的印花，紧随当下复古风潮。黑白格纹的地板也为整体的复古风格加分不少。卧室背景墙用雕花玻璃材质和黑白配色来呼应复古主题，与客厅相同的壁纸设计于细节处统一整体。

小贴士

设计师谈复古风格客厅的地砖铺贴技巧

在客厅的地面，可以根据自身的需求选择不同的铺贴方式和花色，来获得所需的古韵。常见的铺贴方式有规则铺贴、斜向铺贴、交叉铺贴等。除了美化空间，还可以用花砖围出区域分割，把不同区域划得一目了然，使空间的内容更加丰富，在视觉上形成空间对比。

110m²紫色丰富空间层次

>>> 设计：孙野

设计元素：复古壁纸、印花元素
主要材料：轻钢龙骨、石膏板、涂料、壁纸、石膏雕花、硬包、抛光砖等

设计解析 >>>

黑白为王的空间，时尚复古，印花元素的大量运用为空间带来更多变化。

复杂华丽的墙面设计是客厅的"重头戏"，印花壁纸搭配石膏雕花的电视背景墙充满了复古韵味，硬包拼接的沙发背景墙简约时尚，两扇主题墙之间以同色系的条纹窗帘过渡，虽然纵观整体只有黑白两种色彩，但因为花样、纹路与组合的多样性，而不会产生任何单调感。紫罗兰色单人沙发为黑与白的世界注入了亮点，丰富了整体层次。餐厅的设计清新简约，错落排列的装饰画更添时尚品位。

小贴士

设计师谈黑白配色如何避免单调

黑白搭配可以营造空间立体感和时尚感，但千篇一律的设计难免会显得单调。如果能增加一些雕花或印花的细节，则会有意想不到的妩媚。例如，通过繁复花朵图案的壁纸来增添热闹氛围，或通过镂空雕花避免厚重感。为了减少沉闷感，还可巧妙利用鲜花绿植，用盛开的鲜花为空间增添婉约的诗意。

沙建磊

三石空间设计事务所设计总监

2010年搜狐焦点设计师大赛十大优秀设计师之一
2009年荣获"全国最具影响力年轻设计师"称号
2008年被评为中国新锐设计师

设计心语

依靠风格诠释完美的形态，演绎室内空间的灵动之美

90m²手绘墙面带来浪漫春日气息 >> 设计：沙建磊

设计元素：手绘墙面、缤纷的墙面设计、丰富的配色

主要材料：轻钢龙骨、石膏板、涂料、壁纸、石材、手绘墙面、墙贴、马赛克拼贴、浅色抛光砖、仿古地砖等

设计解析 >>

缤纷的墙面设计和丰富的空间配色是本案例最大的特点，带给人扑面而来的浪漫春日气息。

客厅的手绘墙面清新自然，只用寥寥数笔就填补了墙面的空白。绿色的沙发背景墙搭配红色沙发，看似犯了红配绿的色彩搭配禁忌，但因为调低了色彩的亮度和饱和度，所以并不显得突兀，反而更显时尚。卧室的色彩也同样艳丽，桃红色壁纸搭配西瓜红窗帘，用不同的红色丰富空间层次。卫浴间的色彩则以土黄色为主，仿古地砖不仅在色彩上会呼应整体，同时兼具防滑效果。

小贴士

设计师谈红色与绿色的搭配原则

红和绿是对比极其明显的色彩，在搭配时必须注意它们的明度、彩度、饱和度是否和谐，应该以明暗、深浅都相当的红和绿来搭配，否则会有失衡之感。例如，以粉红搭配淡绿来抒发妩媚、甜蜜之感；以酒红搭配墨绿，低调之中凸显品位；以橘红搭配青绿，营造出明朗而热烈的效果等。

刘文武

国家中级室内设计师

毕业于沈阳师范大学艺术设计系。4年的室内装饰设计工作，培养了良好的设计理念。一直坚持在"设计中体现生活、在生活中寻找设计"。不断地创新自己，不断地做出好的新颖的设计。作品被编入国内许多杂志、书籍等

设计专长

热衷于中小户型的设计和研究，喜欢用不同的手法制造出舒适的实用空间

代表作品

沈阳红发三千院、沈阳水木清华、沈阳北市家园、丹东名仕庄园、丹东聚龙公园、丹东丽江国际、丹东依山风景、丹东御景苑等

48m²用色彩整合空间 >>> 设计：刘文武

设计元素：亮丽的色彩、柔和的光线、透光的隔断

主要材料：复合木地板、环保乳胶漆涂料、石膏板、大理石台面及地面、玻璃等

小贴士

设计师谈小空间色彩的运用技巧

小空间如果设计不合理，会让房间显得更昏暗狭小，因此色彩设计在结合自己爱好的同时，一般可选择浅色调、中间色作为家具及织物的基调。原则上说，不宜用深色，因为深色吸光，反射光芒的功能弱，有收缩视线的功能，原本不大的房间由于变暗会显得更小，所以大多数小空间的墙面会以白色为主。总之，小空间宜以柔和亮丽的色彩为主调，重点部分可用暗色作为点缀。

设计解析 >>>

这是一间不到50m²的蜗居，亮丽的色彩，设计巧妙的结构，毫不刺眼的柔和光线，此时的家就像一部都市青春剧一样，充满活力与生机。空间选择白色作为基调色彩，局部运用红、蓝、紫等跳脱的颜色，有效地补充了空间色彩，让房间更加饱满而富有层次。

客厅中沙发两边靠墙，主背景墙以亮蓝色涂刷，创造视觉冲击力，张扬空间个性；墙上挂饰大大小小的黑白照片，使房间表情更加丰富生动；另一面墙留白处理，中和了蓝色的浓烈与跳跃；简单的浅灰色沙发，赋予房间安定气息。窗边设计了地台，利用墙角位置装置搁板和小书台，有阳光的陪伴，无论在此读书还是上网都是很惬意的事。紧邻客厅的是厨房，电视墙兼吧台的隔断衔接了两个空间。隔断采用透光的玻璃材质，让视觉更有延展性，使室内感觉更宽敞。白色调的厨房与餐厅开放衔接，地面材质的不同界定了功能划分，同时也打造出空间的多层次感。紫色的橱柜与深蓝色的餐椅、红色的冰箱互为呼应。阳光穿过厨房阳台的玻璃门，照进了室内，也照亮了心情。

陈波

三维艺装饰设计室的创办人

毕业于四川美术学院室内设计专业。从事室内设计8年。曾在广东清远市多家装修公司担任设计总监。工作室成立后，在清远市各大楼盘均有其独特设计的样板房，同时还有酒店、办公楼等的设计，如清远市喜迎盈国际大酒店设计、清远海关办公大楼等。

获清远市"十大明星设计师"称号

获清远市汇博"设计之星"称号

多套作品被编入国内杂志、书籍

120m²浪漫的婚房设计 》》 设计：陈波

设计元素：红色的布艺沙发、现代感的直线条、唯美的灯光

主要材料：仿古砖、灰镜、木饰面板、壁纸、复合木地板、抛光砖、环保乳胶漆涂料、石膏板等

设计解析 》》

这是一间充满现代浪漫主义的婚房设计。不例外地，首先在色彩上，设计师选择了传统最具激情与喜庆情绪的红色来渲染新婚的气氛。同时选择了纯净的白色来与之搭配，既将空间衬托得更加唯美，又充满了时尚感。而橙黄色的灯光设计又进一步烘托了整体温婉、浪漫的感觉。

整个空间通透开放、自由随性。家具和装饰风格偏重线条感。直线条的干净利落，凸显了现代简约风格。餐厅区域抬高的跃层台阶设计，营造出层次感的空间形态。客厅在一派围合的氛围中，呈现出家的温暖。电视墙与餐厅护栏融为一体，透光的护栏设计有助延展视觉。与公共区域的温情、柔媚氛围不同，卧室选择的是以蓝色调为背景色来营造一种宁静与灵动的氛围；家具则以清新原木色带来丝丝惬意与乐观的生活体验。

小贴士

设计师谈让小空间看起来宽敞明亮的设计要点

小空间设计切忌隔断太多，打掉一些非承重墙可以使原本有限的空间看起来更加开阔。其次，尽量使用透光的材质做隔断，这也是小空间的设计要点。因为透光的隔断不但可以透光，让室内更明亮，而且可以让视觉有延展性，使空间感觉更宽敞。

熊杰（夏天）

DREAM设计图像工作室执行总监

2010年荣获亚太区室内设计大赛铜奖
2010年江西省共青城宝龙大酒店室内装修工程设计
2008年山东省菏泽市东城国际楼盘规划及室内精装设计
2007年江苏省张家港市五星级江南宾馆桑拿洗浴中心装修设计
2007年荣获第三届中国国际设计艺术观摩展设计艺术推动奖
2006年广东省佛山市"永达"陶机集团办公楼设计

设计心语
认为人类艺术与物质文明更好地结合，才能称作设计

150m² 银色空间，传统与现代相交 >>> 设计：熊杰（夏天）

设计元素：大片的银灰色、几何造型、宽敞的空间
主要材料：大理石地面、布艺软包、镜片、壁纸、复合木地板、环保乳胶漆涂料、石膏板等

小贴士

设计师谈小空间的装潢要点

　　小空间的房子不可能像大空间的房子一样，可以拥有大的客厅、厨房、卧室、浴室等，可以在房间各个角落都堆放摆设，小空间的房子不需要过多的装饰品，尽量采用极简风格，尽可能地对房子进行减法设计，并充分利用空间的布局，来实现合理的规划。

设计解析 >>>

　　正如你所看到的，这是一个有些后现代意味的家，但似乎又不全是，那金属质感十足的空间，简洁的深紫色皮沙发，欧式的线脚、壁灯，又在无声无息间将古典欧式气息淡然传递；而这一切都充分展示着设计师注重材料的质感与光泽。色彩设计中，强调运用银灰色穿插少许深色，营造一种高品格的现代气质。

　　客厅以大片的银灰色为底色，同时为了避免成片的银色让人产生晕眩，沙发选择了深色，一盏深色的古典水晶吊灯巧妙地给空间增添了艺术气质。凹凸造型的电视墙，利用材料的质感塑造了丰富的层次变化。餐厅区，天花板吊顶是一大特色。多个圆孔造型，内嵌镜面，让整个用餐区宛如太空舱，充满了奇妙与魅力。两个卧室的设计，同样令人印象深刻。主卧室唯美而浪漫，还拥有一个大阳台可以坐拥生活美景。次卧室则处处彰显现代个性气质，床尾数字化的蓝色墙面对应着床头线条感的背景墙，一瞬间给人的不是另类效果，而是震撼。

吴献文

非专业的专业设计师、文献装饰/吴献文室内设计工作室创始人、中国CIID室内设计协会会员/金华分会理事

作品多次入选《TOP装潢世界》《上海搜房周刊》《品质家居》《最流行家装设计2000例》《照明周刊》《风尚创意美居》《旺家家居系列丛书》《最美的1500个背景墙客厅/餐厅/卧室系列》《99套最经典家居案例》《精致一居室》等书刊。个人多篇文字作品收录于国内知名杂志

2010年荣获搜狐"德意杯"室内明星设计大赛华东赛区优秀入围奖
2010年荣获99CAD网小户型室内设计大赛全国第三名
2009年荣获搜狐中国室内设计博客大赛杭州赛区三等奖
2009年荣获"杭城年度十大明星设计师"荣誉称号
2009年成为中国创意原创室内设计大赛"中国新锐设计师15强"代表
2009年99CAD网特约专访人物设计师
2008年荣获中国焦点房地产网浙江地区室内设计明星荣誉称号

设计心语

理性设计让感性生活更美好。力求以最合适的费用做出最适合的效果，用心、责任、态度、有心、认真、品质

130m²以幸福名义定制梦想港湾 》》》 设计：吴献文

设计元素：几何元素、苹果绿点缀、流畅的动线

主要材料：抛光地砖、强化地板、布艺软包、环保乳胶漆涂料、烤漆玻璃、人造石、烤漆板、银镜、马赛克、石膏板、水曲柳饰面板等

小贴士

设计师谈小空间中的人性化设计

　　隐私与便利对于人性化的室内设计来说很重要。所以，在小空间中也应该将舒适、安全的距离与空间的动线设计列入规划之中，否则，很有可能出现两种极端的情况：一种虽然居室宽阔，却令人有一种潜意识的暴露感和惊扰感；另一种则是隐私保护完好，却发现在居室中行动不便。

设计解析 》

什么是幸福？一个关怀的眼神？一句贴心的话？又或者拥有一个小小的家？相信每个人在心底对幸福都有完全不同的定义。呈现在眼前的这个家，就是本案例中业主的幸福港湾——一个实用、温馨又具美感的家，充满主人生活的梦想。

没有金雕银饰，一切都很朴实。空间的平面布局合理而齐备，选择浅色作为基调色彩，搭配简洁的家具和清爽的家饰，打造出大方、整齐的空间。开放的公共区域保证了空间的贯通性，使视觉开阔。大厅中，沙发区与用餐区的墙壁，设计师选择了浅黄色与苹果绿，通过冷暖色彩的对比，给整体空间带来了丰富的层次感。电视墙布艺软包的颜色也与沙发墙的色彩形成呼应，整个客厅随处洋溢着幸福的气息。除此之外，电视墙与沙发墙在造型上又饰以直线条与圆圈几何图形，这样一静一动的表达形式，将每个面与整体空间的沟通方式变得更加丰富亲切。

从玄关到餐厅，再到客厅，斜墙的改造凸显了人性化的设计，既化解了长走廊的尴尬，也使空间的动线更加流畅。设计师将其中一个卧室的门设计在斜墙处，除了令人在其中行动更加自由、便利之外，更体现了安全、私密设计理念。入墙式装饰柜的设计点缀了过道。

主卧室中，床头的设计是一大亮点。酱红色的布艺软包与浅色的暗纹墙结合，搭配简约式家具，大气、稳重又温馨。床头两盏橙黄色台灯以上下照明方式，为卧室注入了浪漫元素。床尾处高低不一的异形桌设计，不仅可以摆放更多的用品，而且还能临时充当工作台，同时其简洁现代的直线条呼应着客厅里的装饰柜，点缀了墙壁，活泼而俏皮，避免了普通桌子带来的沉闷感。

成毅（鬼鬼）

独立设计师

成毅设计事务所创始人
中国信息产业部注册设计师
河北省十大杰出室内设计精英之一
搜狐网中国室内设计精英圈发起人
荣获搜狐网"第七届全国室内设计大赛"十大优秀设计师称号

140m²黑白灰经典再搭 　》》　设计：成毅（鬼鬼）

设计元素：黑白灰三色搭配、简洁的直线条、抽象装饰画
主要材料：抛光地砖、强化地板、壁纸、仿古砖、环保乳胶漆涂料、灰镜、石膏板、饰面板等

小贴士

设计师谈抽象装饰画提升空间感

　　过去，很多家庭不讲究摆装饰画，觉得那是画蛇添足，即使有些家庭摆装饰画，画的内容也无非花草鱼虫。眼下，越来越多的人喜欢简单明快的现代装修风格。抽象画一直被人们看成是难懂的艺术，不过在现代装修风格的家庭中却能起到点睛的作用。很多人尽管看不懂画中的内容，但却知道画是否好看，对于普通家庭来说这已足矣。现代风格的家装配上简单的抽象画，能够起到提升空间品位的作用。

设计解析 》》

这个家的风格很纯粹，黑白灰三色的搭配，充满艺术气质，塑造出时尚感。色彩纯净，线条明晰，没有烦琐装饰，只有一个极致清爽的空间；没有艳丽喧哗，有的只是凝神静思的意境。

空间方正，面积也算宽裕，全开敞的设计和直线条的装饰带来视觉上的通透感。客厅里，沙发区是一个灰色的大背景，墙上的黑白画框和灯光都是点缀。白色的布艺沙发与黑色茶几，呈现出经典时尚的现代简约风格。窗边一款复古造型的矮柜混搭其中，黑白色调呼应居室基调。

木饰面板装饰的电视墙，是整个"无色"空间里唯一的"有色"画面，其自然的木纹理让人内心感到一种别样的温暖；窄条灰镜的穿插把墙面划分成三个部分，令空间层次丰富而感性。巨型帘幕水晶吊灯，缔造出优雅、柔软、逸动的时尚外观。

过道处一张简单线条的黑色吧台分隔了客厅与餐厅。吧台与墙面的层板一体，色彩一致；简单的层板让空间利用率得以提升。餐厅区主题墙的设计同样以灰色打底，白色的线条有疏有密地排列其上，灯光由上及下缓缓倾泄下来，极有韵律感，缔造出一个有着咖啡馆风情的精致用餐区。

卧室同样将黑白灰的运用发挥到极致。黑色的电视墙，灰色的床头背景墙，白色的床具、家具，三色的组合在整个空间中实现一种互动。随处可见的线条感，透露现代生活的简洁直率。

132m²用灰色打造随和空间 >>> 设计：成毅（鬼鬼）

设计元素：现代板式家具、水泥灰、有情调的灯光

主要材料：布艺软包、环保乳胶漆涂料、石膏板、灰色瓷砖、大理石地面、明镜、壁纸等

设计解析 》》

本案例以灰色作为空间的压轴色，奠定了随和、安定的居室印象；搭配褐色和白色，又使居室不至于太过安静与被动，反而有一种现代气息。

整个居室特别强调自然光线与色彩的运用，从客厅到餐厅，从餐厅到书房，从书房到卧室、卫浴间，每个空间都有独立的自然光来源，无论是落地窗或天窗，都可以令阳光肆无忌惮地在室内挥洒。灰色也因此能够大面积地施展，而不会影响居室的明亮度。加上居室本身开阔、合理的格局，使光线与色彩的沟通达到完美。

客厅中，以一面褐色的布艺软包电视墙，平衡了灰色涂料的沙发背景墙，中间再以一组白色沙发进行中和，营造了清爽、整洁的空间感。电视墙又以纵横线条的分割，制造出更丰富的空间层次；旁边白色的展示柜与装饰射灯的照明，让整体气氛又一次得到升华。简洁的悬挂式电视柜，此时也成了墙面最好的装饰品。一株绿植有益于营造健康自然的居室氛围。

客厅与餐厅自然过渡，一面小小的珠帘制造了若隐若现的距离感。厨房与餐厅的墙壁均采用了灰色，屋顶及瓷砖地面则选择了吸光少的白色调，营造出自然光线传递出的清洁感。明镜以及白色餐柜、饰品的加入，点缀了空间。浅黄色与白色的条纹墙，形成了温暖又明亮的愉悦氛围。书房则选择温暖的褐色墙面与白色原木书柜、书桌，营造出沉静与舒适感，更利于静下心来工作或阅读。主卧室深褐色的背景与阳光结合，更增添了一份温暖的视觉效果。儿童房以蓝色和卡通为主题，装点着整个房间。

雅致风格

Elegant style

贵树青

新晋室内建筑师、Carnot Eric设计事务署创始人之一

2009年成为英国ICDA国际建筑装饰室内设计协会室内建筑师
2009获得Adobe创意设计师称号

设计专长
样板房、别墅

擅长风格
欧美风格、现代简约风格

设计心语
在设计中寻找中庸之道

128m²简单纯色成就暖意空间 》》 设计：贵树青

设计元素：云形图案点缀、暖黄色基调、宽大的采光窗
主要材料：雕花玻璃、花纹壁纸、乳胶漆、木地板、石膏板、镜面、木饰面板、布艺软包等

设计解析 》》

本案例的格调定位于温婉、品质与自然。棱角分明、方正有序的现代格局里，功能分区井然有序，使居室透出一份优雅与大气范儿。明镜、云形雕花图案的艺术玻璃、木饰面板以及具有简约线条的家具造型，这些现代元素让空间多了一些与时俱进的时代感；而在这样一个现代空间的大背景下，唯有吊灯选择古典感的铁艺烛形灯，似是一种意外的惊喜与感动，同时凸显品质与文化气息。

在空间设计上，设计师保留了房子原本的格局，客厅、餐厅分处大门两边，宽大的采光窗不仅为客厅提供充足的自然光线，挂饰经典款式的窗帘后，其本身也成为居室的一道风景；暖暖的色调与居室的整体基调浑然一体。电视背景墙采用时下流行的线条结合块面的设计，大面积的深色背景，在几个浅色块的错落点缀下，不再只是扮演背景烘托的角色，也成为空间气氛的营造者之一；旁边云形纹理的艺术玻璃背景将鲜红的花卉映衬得更加艳丽夺目；在这里，"一"字形的悬浮板承担了传统电视柜的功能，极简的造型与沙发背景墙作为装饰品展示架的内凹条形槽相得益彰。温润的木地板提升空间的亲切感与亲和力。

餐厅与厨房之间以一扇通透的磨砂玻璃门分隔，天花板上清透的明镜与古典感的铁艺灯融合得恰到好处。走道的设计同样精彩，三幅不同色彩的植物挂画与墙体下面的展示槽共同营建了一个具有现代艺术气息的走廊空间。主卧室里延续客厅、餐厅的设计元素，但在选择家具材料时更多地使用了木质地，凸显自然、健康、静谧的睡眠环境。次卧室相对现代、年轻化一些，背景墙两条明黄的镜面为空间注入暖意。

小贴士

设计师谈古典元素在现代空间里的运用

完全的古典风格对于现代人来说会显得过于复杂、沉重，所以，可以通过对风格中繁复的优雅形式加以简化后再运用，也可以选择一些具有古典风情的装饰品来满足自己的怀旧情结。对于钟情中式风格的人，传统的窗棂设计、屏风、矮几等这些经典的元素可以灵活地加以穿插、组合；也可以选择一些具有传统雕花工艺和结构造型的现代家具，这样既保持了东方古典文化的儒雅，又顺应了现代家居生活的功能需求。现在一些欧式壁炉、拱形门窗、柱式设计、线脚等都被设计师加以了简化并提取到现代风格的家居之中，这对于喜爱欧式风格的人来说，都是不错的设计。

杨成斌

高级室内设计师

擅长风格
现代简约、古典中式、新中式、现代欧式、地中海、田园风格等

设计心语
设计应该以人为本，让人感到愉悦、舒适

129m² 卡其色的气质空间 >>> 设计：杨成斌

设计元素：印花玻璃提亮空间、小跃层改造格局、淡雅的自然卡其色
主要材料：轻钢龙骨、石膏板、浅色抛光砖、实木地板、环保乳胶漆调色、印花茶镜、壁画等

设计解析 >>>

满室的温暖元素奠定了这个居室自然、和谐、雅致的主题。整体空间的营造建立在卡其色基调与天然材质的基础上。居室的空间利用率非常高，开放式的设计让各个功能区显得紧凑有序。入门右边是餐厅与厨房，以吧台简单分区，色调统一成白色。

从餐厅到客厅，需要上两个台阶，这样的跃层式设计增强了空间的界感；而玻璃栏杆又制造了视觉上的紧凑感。电视墙的设计是整个居室里最抢眼的部分。造型上是木饰面板与茶镜的结合。两边印花茶镜的镶嵌无疑是锦上添花的神来之笔，增添了整体空间的时尚气质与活力。白色的层板加低柜的错落设计协调了两边的内容。沙发区用一块黑巧克力色的地毯，圈起一方优雅天地。墙面的壁画与地面及沙发的色彩形成了立体的呼应。天花板上放射状的金属吊灯独具特色，又与其他元素和谐搭配。

小贴士

设计师谈不同空间地毯的选择

客厅在20m²以上的，地毯不宜小于1.7m×2.4m，且宜选用密度较高、耐磨的地毯（如短毛圈绒、扭绒）。餐厅宜选用经防污处理的地毯，以方便清理。楼梯地毯要选耐用、不滑的种类，避免选用长毛平圈绒毯，通常地毯上会有标签注明"楼梯适用"。

160m²线条趣味 >>> 设计：杨成斌

设计元素：条纹的不同组合、粉色点缀
主要材料：轻钢龙骨、石膏板、浅色抛光砖、实木地板、环保乳胶漆调色、壁纸、饰面板、黑玻等

设计解析 >>>

这是一个具有现代感的空间，线与形，在空间中呈现出了一种新鲜的面貌。极具几何感的条纹形状和生动的线条相互搭配、融合，随意加以变化，呈现了简约、细腻、雅致而富有张力的空间美感。

从进门处开始，几何元素即贯穿于家具、墙面、地板的设计上。而沙发区与餐厅区的主题墙无疑是将线、形元素体现得最淋漓尽致的地方。沙发区的墙是在纯色的面板上做出凹凸的

线形感，再利用灯光制造出一种水波粼粼的效果，搭配几幅大小相当的对比色挂画进行反差映衬，颇有意境。餐厅区的墙面则相对大胆张扬些，时尚的黑白条纹间隔，在一虚一实的材质对比下，让整体显得更加多变与年轻时尚。空间的每个角落都以线条相互衔接，彼此呼应，让房子的各个部分在一个统一体中自由呼吸。

小贴士

设计师谈客厅、餐厅墙面材料

一般来讲，厅中的墙壁经常使用的无非就是涂料与壁纸。在涂料的使用上，颜色与纹理是常用的调剂手段，和谐的颜色与变化的肌理效果可以活跃空间的气氛。协调的壁纸图案可以让家有温馨的感觉，柔和的纸制品还能改变墙壁冰冷的触感。当然，除了壁纸和涂料以外，还可以用一些新型材料来创造与众不同的墙面效果，如布料、木制贴面、石材等。

林志明

福建漳州立派空间设计创办人之一

中国建筑装饰协会会员

福建海峡设计网推荐会员

设计专长
住宅公寓、别墅设计

设计心语
少即是多

94m²木质感的心灵居所 》》 设计：林志明

设计元素：纯色空间、浅木运用
主要材料：轻钢龙骨、石膏板、浅色抛
光砖、环保乳胶漆调色、木饰面板等

设计解析 》》

　　简单，却又耐人寻味；干净，如同纤尘不染。规整的格局，平白朴实的用材，加上粉白粉白的用色，整个居所就像一幅留白的图画，给人无尽的想象与思考。在这样简单的环境里，人不由自主地安静下来，只感受到舒适本身。

　　虽然空间清简，但每走一个区域，视线都有一个落点。客厅的主色调是白色，家具、墙面、地板均选用了不同纯度的白色系列。黑框装饰画、褐色地毯与抱枕、金属玻璃茶几与边几等，少许深色装饰品的加入，营造出层次感与立体感，同时也完美地衬托了白色本身的纯粹与美感。

　　客厅中原本很难处理的顶梁，在这里被设计师巧妙地加以改造后，幻化出一面独特的电视隔断墙，灵活地划分客厅与餐厅区域。顶部留空不做实的设计，让空间之间的互动变得更加灵活与自由。原木包边的处理，让房间多了一份自然气息。

　　餐厅精致而温馨，原木色的墙面与同样天然质地的家具定格成一幅充满浓浓暖意的画面。

　　餐桌上方一盏简单的白色吊灯，从旁映衬，留有精心布置的痕迹。自然光线同样呼应主题，赋予空间生命力。

117m²皮革+石材+实木混搭出的阳刚气质

设计：林志明

设计元素：皮质家具、纹理感强的大理石、简单灯饰

主要材料：轻钢龙骨、石膏板、仿古砖、浅色抛光砖、环保乳胶漆调色、木饰面板、大理石等

设计解析 》

整个空间就在黑、白、灰三种色彩交错中显示出了丰富的层次感。客厅中，墙是灰色，天花板和地面是白色，一组黑色的真皮沙发夹于其中，显得极有分量，不动声色地表露了居室的基调——让这里显得沉稳而富有阳刚魅力。餐厅区的用色则更为分明，黑白的对比，简单、利落。

在材料的选用上，同样是客厅，更为丰富多变。皮革+石材+实木混搭出深沉又有些许狂野的硬度世界。电视背景墙以纯一色的仿古灰砖满墙铺设，砖块拼接的裂缝加上砖墙粗糙的表面，突出自然的粗粝感。与之搭配的是沙发背景墙上纹理感较强的黑色大理石。覆盖转角墙的木制面板才是沙发背景最大面积的风点，原木色的运用给这个硬气的空间一丝柔软的触感。一张

极简风格的深色木茶几被放置在真皮沙发围合出的中央，一张超大的浅色羊毛地毯营造出一份亲和力。相对地面热闹的场景，天花板显得素净很多。由于客厅自然光充足，并不需要加装整体照明，只需要选择局部照明即可，所以天花板在照明的款式选择上，采用了属于装饰性强于实用性的灯具。

餐厅区的用材少而精，皮质餐椅、不锈钢桌腿，加上各种几何造型，足以点亮这个单一的空间；这里的照明同样舍弃大型灯具，选择了最普通的筒灯，零星而有序地镶嵌于屋顶上，整体放射出暖黄色的光源。所以，与偏冷的客厅有所不同的是，整个餐厅完全被一股暖意所包裹着，温馨、舒适。

126m²住在森林里 >>> 设计：林志明

设计元素：深色实木墙面、鲜明的空间风格对比

主要材料：轻钢龙骨、石膏板、涂料、大理石、浅色饰面板、实木装饰墙面、浅色抛光砖等

小贴士

设计师谈餐厅内的绿植摆放原则

　　餐厅的植物装饰应有利于增进食欲，如在饭厅周围摆放棕榈类、梨类等叶类盆栽植物。也可按不同季节进行更替，如春用春兰、夏用紫苏、秋用秋菊、冬用一品红等。另外，由于餐厅空间有限，因此不适合摆放高大的花卉，以免影响人的行动，在这样的环境中也不利于植物生长。在餐桌上点缀一些小盆的绿色植物就能很好地调节就餐时的心情。植物的叶片越厚，抗油烟的效果越好，且不会因经常擦拭而使叶片被擦坏。

设计解析 >>>

　　同为公共空间的客厅与餐厅，一个粗犷大气，一个细腻温馨，迥然不同的空间个性，让整个居室呈现出多元化的风格内涵。

　　客厅中的两面主题墙不约而同地选择深色设计，实木铺贴的沙发背景墙透着一股雨林的自然气息，灰褐色大理石材质电视背景墙大气豪放，搭配同样深色系的沙发，彰显稳重与品味。进入餐厅后风格骤变，没有了原生态的自然粗犷，取而代之的是现代都市的清新与简约。浅米色的空间背景干净利落，搭配同色系的原木餐桌与布艺座椅，空间中充满了温馨气息。墙上工整的装饰画与错落摆放的绿植更增添了生活气息。

袁哲

现任淮安东易装饰公司设计部经理

设计心语

开心生活，用心设计。家居装饰的每一个物件，都是主人精神的物化，让你的家讲述你自己的故事

63m²流云图案演绎华丽气息 >> 设计：袁哲

设计元素：咖啡色流云图案、镜面材质

主要材料：轻钢龙骨、石膏板、涂料、雕花银镜、茶镜、纯色银镜、珠帘、木纹饰面板、浅色抛光砖等

设计解析 >>

流云图案的呼应运用是本案例最大的设计特点，加上金色与咖啡色的背景铺陈，更显典雅华丽。

客厅的配色简约清爽，白色与浅咖啡色交织运用于墙面、地面、沙发与布艺软装上，起承转合间完美衔接。在背景墙中加入镜面元素，无形中增添了华丽气息。电视背景墙的设计极为巧妙，高低错落的组合既满足了装饰与收纳的需要，同时又充当了空间隔断的角色。垂落的珠帘很好地弥补了上部空间的空白。餐厅同样以流云图案做装饰，来实现与客厅空间的无缝对接。整扇落地式镜面让原本有限的用餐空间在视觉上更显宽敞。

小贴士

设计师谈高层住户设计飘窗时的注意事项

高层住户在设计飘窗时要充分考虑到安全问题，一定要加强飘窗的安全防护，尽量在室内的窗前安装防护栏；定期检查飘窗，一旦发现松动、滑动等现象要及时加固；家长要加强对孩子的安全教育和管理，提高孩子的安全意识，以免发生危险。

巫小伟

国家高级住宅室内设计师、国家注册建筑师、中国建筑装饰协会会员

2008年在苏州创立了WILLIS设计机构，专注于各类高端客户提供专业的设计服务
2010年在无锡、宜兴成立分公司
曾多次应邀参加中央电视台CCTV2《交换空间》栏目的拍摄
大量作品曾在香港日翰、北京《TOP装潢世界》、《上海搜房周刊》等媒体上选登

设计专长
酒店、高档会所、餐饮娱乐空间及别墅设计

代表作品
上海建德南郊别墅、镇江市香格里别墅、常熟市湖畔现代城售楼处、江苏宜兴市氿悦宾馆、常熟市爱菲拉酒庄、苏州市波波熊办公大楼、常熟市虞景山庄、常熟国美山庄别墅、北京华侨城别墅等

50m²小空间，大容量 >>> 设计：巫小伟

设计元素：紧凑合理的格局、通透的软质隔断
主要材料：轻钢龙骨、石膏板、涂料、实木镶边、壁纸、木质镂空隔断、复合木地板等

小贴士

设计师谈小户型隔断的设计要点

小户型的隔断设计最好是在隔与隔之间，这种阻隔手法能够令空间产生连贯性，同时还可充分利用空间。在颜色上要注意和居室的基础部分协调一致。做隔断所选用的材料，一般宜采用通透性强的玻璃、玻璃、叶片浓密的植物，或者是帷帘、古架，不仅能增加视野的延伸性，能营造古朴典雅的氛围。

设计解析 >>>

本案例的设计极为紧凑，小小的空间中各个功能空间安排得有条不紊、秩序井然，所有的生活设施一应俱全，毫无杂乱和拼凑之嫌。

由于空间有限，因此沙发、橱柜等家具都比较迷你，线条极为简洁流畅，色彩也以纯色为主，没有任何花哨的装饰。为了节约空间，餐厅就设在沙发旁边、靠近厨房玻璃墙的位置，类似一个小型吧台。而卧室就位于沙发背后，中间以镂空隔断相隔，最大限度地利用空间。卧室内的飘窗被设计成简易工作室，满足工作和休闲的需要。

刘红君

大庆市德高装饰工程有限公司首席设计师

2006年从事家（工）装室内设计。以丰富的实践工作经验和本着应有的责任感，力求给每位客户一个温馨、舒适的家

设计心语
以自然、环保、个性化为设计宗旨，擅长空间规划和色彩调配

121m²品味高级灰 >>> 设计：刘红君

设计元素：质感上乘的高级灰、仿古砖墙、天然材质
主要材料：轻钢龙骨、石膏板、石膏板造型、壁纸、手绘墙面、仿古砖墙、复合木地板、浅色抛光砖等

设计解析 >>>

　　高级灰在墙面、门窗及家具上的大量运用，让整个居室呈现出一种只可远观、不可亵玩般的严肃感和贵族气息。

　　从客厅中的沙发、房门到餐厅的吧台，再到厨房中的墙面和立柱，甚至是墙面下端的踢脚线，全都无一例外地选用高级灰色，从色彩上将所有空间巧妙统一。与此同时，设计师选择用咖啡色茶几和黑色电视柜来搭配灰色沙发，近似色的多层次运用使整体看起来更加协调、美观。走廊尽头处的手绘墙面让人有一种"柳暗花明又一村"的惊喜感。餐厅、吧台、厨房共处一室，各司其职，互不打扰，灰色仿古砖墙古典、雅致，横向条纹的设计有拉伸空间的视觉效果。

小贴士

设计师谈小空间尽量少选用小块状材料

　　在小空间中，尤其是厨房和卫浴间，相对其他空间更有限，看上去更显拥挤，这时最好不要使用太小规格的瓷砖或者马赛克，这样会使边线增加，给人眼花缭乱的感觉，无形中会有缩小空间的感觉。

陈振格

双臣室内设计有限公司 首席设计师

设计心语
有限的空间，无限的设计

SUNCHEN DESIGN
雙臣室内设计
WWW.HKSCSJ.COM

122m²古典底蕴现代手法 ≫ 设计：陈振格

设计元素：屏风运用、书法墙、古典元素的穿插点缀

主要材料：石膏板、壁纸、布艺软包、环保乳胶漆调色、木制面板、浅色抛光砖、实木地板、银镜、深胡桃木等

设计解析 ≫

少许古典元素的巧妙点缀，让这个现代的空间有了传统的文化底蕴与内涵。客厅和卧室中屏风的运用、沙发区红色的绣花抱枕、餐厅边的书法墙，寥寥数笔，即凸显了一丝深远悠长的历史韵味。

公共区域与私密空间的用色统一，米色系的运用奠定了整个空间优雅、大气的格调，局部深色装饰，凸显空间稳重、成熟品位。空间在整体设计上，以现代手法为主，如客厅中以深胡桃木打造的电视背景墙，为了避免大面积深色的压抑感，而在墙表做了钻石角设计，在光照的作用下，四面角都折射出闪亮的光泽，令深沉的背景活络起来。餐厅的顶部与墙面均镶嵌银镜，在放大空间视觉感的同时也丰富层次感；吊杆悬挂的托盘蜡烛灯，显然是情趣的点缀，与周围环境非常合宜。卧室选择现代感的白色床具，与紫色的软包床头背景呼应，优雅又时髦。

小贴士

设计师谈在现代家居中屏风的运用

古典屏风在现代家居中既可以作为分隔空间的工具，也可以是很好的装饰品。现代屏风所用的材料和色彩多样，材料方面有木贴面、竹、布艺、绢质、铁质等，色彩也不仅限于黑白灰，总之，不同的材质和色彩给人不同的视觉心理感受，在运用时要根据家居风格而定。

钱月欣

国家注册室内建筑师、中国建筑协会室内设计分会会员

拥有6年设计经验。曾独立完成2000～20000m²的大型设计项目，对于会所、酒店、办公空间及家居等项目有独特设计理念。个人作品曾多次被编入国内著名杂志、书籍及网络转载

代表作品

天津东丽区富民集团银河大酒店2期工程、万科水晶城别墅整体设计项目、金耀集团2期设计工程、天津数字化管理中心整体设计工程

115m²雅致木隔断 >>> 设计：钱月欣

设计元素：纹理自然的石材、浪漫紫罗兰色

主要材料：轻钢龙骨、石膏板、涂料、石材、木格栅隔断、浅色抛光砖等

设计解析 >>>

　　清新的灰白色调加上通透敞亮的空间格局，让整个居室看起来清爽自然，让人有种仿佛度假般的闲适与放松。

　　流云纹理的石材墙面散发出天然材质独有的亲切感，自然、低调不造作，让其他空间主角有了更多的发挥空间。几何块状沙发秉承同样的设计理念，紫色与肉粉色的组合清新简约，不落俗套。窗边随意摆放的桌椅让人能够尽情欣赏窗外的旖旎夜色。电视墙旁的木格栅隔断是一大亮点，若隐若现间极具雅致气息。餐厅的设计干净、简洁，提供了一个清静的用餐环境。

96m²顶上风光无限好 >>> 设计：钱月欣

设计元素：高旷的空间格局、别致的天花板设计

主要材料：石膏板、壁纸、黑玻、环保乳胶漆调色、灰砖墙、大理石、浅色抛光砖、木贴面、金属贴面等

设计解析 >>>

这套居室中，挑高的屋顶把人们的视觉重心拉到了天花板上，而这也成为本案例中最有特色的设计——利用天花板进行功能空间的分区，舍弃明显的墙体分离和任何装饰隔断，让地面空间尽可能地放大、再放大。而选择浅色调作为空间基调色彩，也是让空间看起来无限宽广的又一个方法。

客厅与餐厅区分别吊顶，一方一圆不同的形状造型，鲜明地宣示这是两个独立的空间，而相同材质的组合，却又将它们彼此紧紧联系。在墙面的设计上，虽然餐厅不如客厅丰富多彩，但整面黑玻墙可以将大厅各个角落纳入眼底，幻化成餐厅的风景，此举可谓非常绝妙。书房采光充足，褶皱墙和照片墙的设计颇有特色，为低调书房增添一股别样的生气。两个卫浴间的设计充满现代感。

小贴士

设计师谈小空间要选择灵活小巧的多功能家具

造型简单、灵活小巧的多功能家具比较适合小空间。多功能的家具收放自如，能解决视听设备的安放问题，帮助小户型空间视听区域的有序设定。小空间更应慎选家具，一定不要贪大，要量力而行，力求简约。家具越大，虽然收纳越多，但会造成人的活动范围变小，而且大件的家具显得笨重，灵活摆置的可能性较小，不能随心所欲地安排。

刘耀成

中国注册室内设计师、IRIDA国际注册高级室内设计师

2008年，组建湖南省喜来登装饰公司刘耀成TOP设计师会所

评选为2008年中国室内设计30人
2007—2008年度中国20强新锐设计师

设计专长

家居空间、时尚餐厅、剧场设计及房地产的会所、售楼处、样板房等的装饰设计

168m²男人四十之成功本色 >>> 设计：刘耀成

设计元素：多种材料的运用、低调的暗红与优雅的深浅米色相搭
主要材料：加厚水曲柳、灰镜、防腐木、画框、壁纸、大理石地面、布艺软包等

小贴士

设计师谈成功人士室内设计的格调

　　成功人士大多显得干练豁达，而时间的沉积使他们具备了临阵不乱的大将气度，所以低调与奢华是他们的特性。他们的住所不需要过多的摆设，而是拥有内敛与沉稳的气息。选用深色的材质能很好地表达这一特性。

设计解析 》》

　　本案例体现时尚、尊贵，符合成功人士的生活品位，为主人展现奢华、典雅、舒适的梦想家园。

　　设计注重细节的刻画，色调优雅。整体空间采用深浅米色作为视觉基础，暗红色作为辅助色穿插其中。室内强质感的装饰品，通过明亮、有层次的灯光照射，营造出奢华、低调的高品质生活格调。石材、玻璃水晶、壁纸等材料在不同空间得到精心巧妙的搭配，从单一角度构成多层次的感光效果。例如，客厅、餐厅的背景墙均采用了多种材料相结合。一面是柔和的白色布艺软包或横或竖的块面造型，一面是以硬朗的大理石为框，结合灰镜或防腐木造型，一柔一刚的材质，通过恰到好处的配比，既平衡空间氛围，又使空间看起来极有品位与质感。米黄色大理石铺贴的地板，加强了高品质格调。而浅米色家具和通透的观景窗，又为深沉的空间注入了一丝动感，也让整体显得更加时尚和富于层次变化。巨大的水晶灯为这片低调带来视觉冲击。置身空间中，

能感受到空间的延续性，并因此获得高质量生活带来的优雅体验。四十男人充满自信，有轻重缓急、权衡利弊、从容不迫；四十，同时也是男人张扬个性、发挥极至的巅峰期。此案例完美地诠释了成功男人的生活品位。

刘文武

国家中级室内设计师

毕业于沈阳师范大学艺术设计系。4年的室内装饰设计工作，培养了良好的设计理念。一直坚持在"设计中体现生活、在生活中寻找设计"。不断地创新自己，不断地做出好的新颖的设计。作品被编入国内许多杂志、书籍等

设计专长

热衷于中小户型的设计和研究，喜欢用不同的手法制造出舒适的实用空间

代表作品

沈阳红发三千院、沈阳水木清华、沈阳北市家园、丹东名仕庄园、丹东聚龙公园、丹东丽江国际、丹东依山风景、丹东御景苑等

140m²原木营造的简约雅致生活风 >>> 设计：刘文武

设计元素：大量自然木家具、开放式储物壁柜、红色的点缀

主要材料：自然木、石膏板、浅色木饰面板、环保乳胶漆调色、原木地板、马赛克等

小贴士

设计师谈在现代设计中如何巧用原木

　　原木色家具总能给人自然祥和的家居氛围，尤其是在客厅的搭配上面，原木的运用更可以被发挥到极致。如茶几，可以用玻璃配合原木，制造出个性又不失自然感觉的茶几；木质边桌上可以放一盏优雅的烛台，摆上盆栽，最后放一幅心爱的照片。原木的世界也可以花样百出，可以这样高调的脱俗。

设计解析 »

　　本案例在色彩上采用的是白色与木色的组合，这给我们带来了干净、自然、清新的第一感觉。而开敞、自由的空间结构，以及极具线条感的开放式家具设计，又凸显了现代简约个性。

　　居室中，各个空间的房门、壁柜等均选择了木作家具，在整体白色的大背景下，非常夺人眼球，同时也营造了轻松、自然的氛围。

　　空间布局上，客厅、餐厅、书房、玄关等同处一个大空间中，彼此开放，却又有着有形与无形的分隔。例如，客厅与餐厅之间就没有明显的隔断，分处南、北两边，只有中间走道部分天花板上的三条木格栅吊顶起了提示作用，而这三条木格栅装饰着白色的天花板，多一条显得多，少一条似乎又不足以营造气氛，设计拿捏得十分到位。客厅沙发后，沿着沙发长度和高度筑造的马赛克吧台成为客厅与书房之间的隔断，一面一米多宽的红色镂空隔断穿插于外围沙发后，与吧台共同竖立起一道独特的沙发背景墙。同时，独此一红的点缀，让这个清新的空间多了一份妩媚与艳丽。书房窗边做高处理，也是一处休闲的好场所。

　　客厅电视墙的入墙式书柜与书房中满墙的书柜遥相呼应，同样是开放式的设计，一个是规整的造型，一个是倾斜错落排列，隔空形成一动一静的对比，给居室带来更多变化。空间各处可见的大开窗给予了室内充足的阳光，加大了色彩与材质对比的视觉冲击，带来更多的回味与想象。

120m² 多彩的精简生活模式 》》》 设计：刘文武

设计元素：白色空间 黑色和自然木色
的巧妙点缀、欧式线脚、休闲榻榻米
主要材料：石膏板、自然木材、环保
乳胶漆调色、原木地板、透明玻璃、
地毯等

设计解析 》》》

在本案例中，大开窗与高明度的白色格调相辅相成，唯美地展现了空间的空旷。加上各个空间有序的分布，设计中欧式线脚的勾勒，让空间显得更加干净、整洁。

除了白色的空间，首先映入眼帘的就是地板上以及部分家具上的那抹暖色，其次是零星点缀的黑色。客厅中造型独特的黑色水晶灯具成为这个空间的亮点，为这个四平八稳的浅色空间带来动感。餐厅的空间并不很大，却同时兼顾了书房功能。

白色的背景和餐桌椅的选择，使人忽略了空间的局促感。墙上自然木造型的储物架，将所有视线都转移上来。木层板在装饰墙面的同时，也发挥了储物的功能，上方半墙高的开放式层板可以用来摆放各种各样的书籍和工艺品，下方的封闭式柜体可以收纳一些零零碎碎的物品，既实用又为平淡的生活注入了活力。

小贴士

设计师谈小空间如何从布局上放大空间感

当空间不大时首先要充分利用墙面，即使用各式格架把墙全部覆盖起来也不为过。其次沙发、茶几等在布局上要安排得紧凑，以突出"小"的温馨感，化缺点为优点。由于布局安排得比较紧密，不妨选用冷色调的家具和装饰物，因为具有冷感的色调通常会让人产生后退的视觉效果，能够有效地避免布局可能造成的拥挤感。再者，可以将书架等柜子设置成白色，在视觉上也有扩大空间的功效。

周琳

专业室内设计师

毕业于四川建筑学院建筑装饰专业。有10年室内设计经验，设计以现代风格见长，敢于突破、创新，尝试新手法，设计手法大气、简练，同时注重细节的精致，对空间有很强的把握能力。作品遍及北京、湖北、广西、成都、南京、溧阳、扬州等各个城市。除了家装，还涉及办公室、酒楼、书店、餐厅等公共空间的室内设计

设计心语

室内设计实际是一种表里不一的工作。外表的装饰固然要求美观、引人入胜，但内里的工序，如空间策划、用料、结构、细节等基本技术因素对设计效果的最终体现影响更大。因此，必须把外表艺术性与内里的技术性合二为一，直至达到美观和实用共存

158m²不拘一格的高调 >>> 设计：周琳

设计元素：分区明确的空间布局、绿色与红色的巧妙点缀、多变的背景墙
主要材料：石膏板、壁纸、木饰面板、环保乳胶漆调色、黑镜、实木地板、米黄色地砖等

设计解析 >>>

　　大气、规整是这个空间给人的首要感觉。柔和的灯光打亮每一个角落，以成熟、干练的米色为主色调，黑色穿插点缀各处，让空间呈现出高档、优雅的格调。

　　客厅格局方正，地板、沙发、电视墙统一成浅米色，沙发背景则以黑镜铺陈，同时以树丫雕塑重复装饰，带来不同的视觉享受。餐厅拥有一处独立的空间，能与客厅隔空相望，同时厨房也以透明材料的门扇与其朦胧相隔，加大了全部空间的通透感。别具一格的卧室背景墙，上演的是黑、白、红三色的经典画面，枝叶手绘图案、分层次的前后设计、隐藏式的灯光，让原本稍显严肃、低调、冷静的卧室，呈现出一派高调奢华景象。

小贴士

设计师谈灯光在设计中的合理运用

　　用灯光来强调空间的装饰重点再合适不过。如墙角的小装饰物，本来并不起眼，但用小射灯打亮，这几个小装饰物立即便可能成为整个墙角甚至整个房间的视觉中心，把人的目光吸引过去。这种强调重点的手段，简捷有效，并且可以通过灯光的开关，在不同的时间交换不同的重点。

贺玮

中国室内设计协会会员、深圳室内设计协会会员

从2002年开始至今，一直执著于设计。曾在北京、上海、深圳等城市中游走工作。期间主持参与过多个大型设计项目。现任深圳市风荷印象室内设计有限公司总监

设计专长
KTV、会所、酒吧、酒店、餐厅、水疗SPA、住宅、商业专卖店、办公室等

设计心语
简约、自然、大方。关注时尚、关注艺术、关注环保

150m²原木世界的淡雅生活 》》　设计：贺玮

设计元素：浅色原木大面积运用、独特的镂空隔断设计、多样化的花雕造型及图案
主要材料：石膏板、壁纸、环保乳胶漆调色、木饰面板、浅色木地板、抛光砖、大理石拼花等

小贴士

设计师谈镂空技艺在设计中的运用

镂空的隔断，仿似隔与非隔之间，既可以将空间完美地区分，又不阻碍空间视野。这样的设计手法常被运用在小空间里。用唯美镂空隔断，代替简单的墙体，可以让整个空间顿时充满艺术气息。

设计解析 》》

满室可见的多样花纹图案或印于墙上，或雕于门上，或镶于家具上，成为本案例最大的特点。原本平淡无奇的空间经过设计师的巧手变化出精致的花纹，让人眼前一亮，整个空间满是艺术气息。

淡淡的清新是这个空间给人的第一感觉，淡米色调营造出一个无压的轻松空间。整体空间上，天花板、墙体、地板、家具，都在色彩上保持了高度的统一。客厅中，最夺目的设计就属沙发后一长排的镂空雕花隔断，这样的设计元素在居室中随处可见，各个空间由此相互串联起来。电视墙的设计如同画作，以电视机的方形屏幕为中心，逐渐向外扩展成三层画框，深浅壁纸的铺贴使人注意到平淡中的精致。餐厅与客厅同出一辙，咖啡色的窗帘、餐桌与客厅的地毯形成呼应。卧室凸显了优质的睡眠环境，纯净的浅灰色与自然的原木色相融，营造了静谧宁和的氛围，又不失现代气息。随处可见或深或浅、或大或小的花纹，响应了整个设计主题。书房满室的原木气息，使人工作起来更放松。

75m²面面俱到的精简混搭格局

设计：贺玮

设计元素：白色铺就的空间格调、特色阁楼设计、与墙同色的木格吊顶

主要材料：文化石、木饰面板、石膏板、壁纸、环保乳胶漆调色、复合木地板、抛光砖等

设计解析 >>>

这是一套带阁楼的两居室。以白色为主色调的干净、通透的空间，没有华丽外观和烦琐工艺的不实设计，有的只是简约与实用，这是对小空间完美的运用状态。

一眼望穿的客厅、餐厅，构成精简的空间格局。在并不宽敞的空间里，将通透的浅色木质楼梯放置其中，合理而不失个性。带花纹的沙发背景墙和白色文化石墙转的电视背景造型，彼此呼应又相互衬托，使四平八稳的空间立即有了生气，没有过多的奢华，却体现了主人有序的生活态度。合理化的设计，应有尽有，平淡中带有感动。

小贴士

设计师谈小空间的装修技巧

"轻装修"装潢理念的主张就是在有限的预算下，居家空间的实用机能应以家具配置为首要重点，而天、地、壁的修饰则属于空间修饰的配角，当空间减少了固定、笨重的装修，更多的空间就被解放出来了，这样人才能活得自在。

黎武

现任台州一诺装饰工程有限公司一组首席设计师

荣获新浪"乐居里斯戴尔杯"2009年首届全国室内墙艺设计大赛优秀奖
荣获2010中国（上海）国际建筑及室内设计节"金外滩"入围奖
荣获中国国际设计艺术博览会大奖
荣获2009—2010年度优秀设计师荣誉称号

代表作品

温州欧洲城、台州桐屿别墅、温州东阿外楼旅游度假大酒店（五星）、温州翡翠大酒店、温州大酒店、浙江阀门外贸公司、上海文正笔业有限公司、温州市智升服饰有限公司、中国人寿保险（温州）分公司、温州实验小学、维加酒窖西西里咖啡等

60m²简欧空间里的冷暖生活 >> 设计：黎武

设计元素：纵横交错的条纹、简欧风格的家具、冷暖色调的对比
主要材料：大理石、条纹壁纸、布艺软包、透明玻璃、饰面板、石膏板等

设计解析 »

　　在本案例中，无论是家具造型还是材料运用上，都巧妙地把欧式古典元素中繁复的优雅形式简化并以现代的形式表现出来，使居家看起来年轻、时尚又凸显高品质。这个家中公共区域与私密空间采用了不同的色彩基调。客厅、餐厅以黑白调铺就，经典的色彩组合凸显家的个性与品质。卧室则以简单纯色的暖黄色系勾勒出一个细腻丰富而又祥和宁静的睡眠环境。

　　黑、白、灰为主色铺就的客厅空间，白色的天花板、白色的墙体、白色的门框等大面积的白色创造出了整体空间的纯洁感；而黑、灰间隔的竖条纹背景墙与窗纱，打破白色的单一，显得精致与个性。客厅的地板与电视墙浑然一体，都采用了带肌理的白色大理石作背景，稀疏的纹理避免大面积白色带来的苍白与沉闷。餐厅处一面清透的明镜，让空间显得轻盈了许多。卧室的设计充分体现出了简约而具品质的特征。暖黄色背景下，灰色的沙发与几处黑色给了这个空间完美的点缀。背景墙独特的层次设计，凹凸有致，扩大了视觉空间。

袁野

十堰市高雅装饰有限公司高级设计师

美术设计专业毕业，作品多次在国内装潢杂志、书籍发表。曾在湖北十堰卧虎藏龙艺术设计工作室（或智上设计事务所）任室内设计部经理，在广东万诚装饰、天大装饰、美庭品味装饰担任主笔设计师，也是天大装饰创始人之一

设计专长

别墅、复式公寓、样板间、写字楼、酒店、会所等各类家装及公共空间设计

代表作品

十堰市各大楼盘复式公寓、阁楼设计，东莞明和大厦港企办公室、河源别墅、华乐中英文幼儿园、东莞樟木头港资公司办公室、华南索尼总公司10期工程、德资绑泽电子厂房设计与室内改造、长安莲花山莲花禅寺、长安凯华宾馆、后街广场中式混搭、大理山万科简欧、南城上东国际样板房设计等

132m²米色的优雅情怀 >>> 设计：袁野

设计元素：开敞的空间、宽大的采光窗、米白色基调

主要材料：壁纸、地砖、啡网石、踏踏木门、复合木地板、乳胶漆、石膏板吊顶等

设计解析 >>

本案例主要采用了现代简约的风格，无论整体空间还是家具造型，都充分体现了低碳、实用的极简主义。以白色和米色为主色调，打造出温馨、舒适、健康的居住氛围。大大的落地窗及采光窗，让室内的通透感大大提升，也让居住者可以随时享受自然风光。

这里，设计师将所有空间打通，使客厅、餐厅、厨房连在一起，让本来就宽敞的空间，视野更加流畅、无阻碍。整个空间的色调不多，却绚烂无比。米色和白色的搭配，让客厅和餐厅显得格外温馨；而菱形拼花大理石地砖的设计，让空间多了一份西式的典雅范儿。现代款式的高低组合柜，既很好地装饰了电视背景墙，又发挥了超强的收纳功能。一张略高于沙发的矮柜分隔了客、餐厅区域。金属与深色木造型的餐桌，酷感十足，让用餐环境变得不再普通。摆放于餐厅窗前的中式柜子，透着些许东方古典气息。就这样，东西方文化以现代的名义，

在米色的协调下，完美地融合于同一空间中，让这个现代空间拥有了文化底蕴与内涵。

在以米白色为主色调的卧室中，深浅银色床品及地毯的搭配，使整个空间看起来简约、现代；而暖色光源的设计，又凸显了卧室温馨的特征。

沙建磊

三石空间设计事务所设计总监

2010年搜狐焦点设计师大赛十大优秀设计师之一
2009年荣获"全国最具影响力年轻设计师"称号
2008年被评为中国新锐设计师

设计心语

依靠风格诠释完美的形态，演绎室内空间的灵动之美

136m²现代雅致风，低调之美 ≫ 设计：沙建磊

设计元素：水晶灯、大面积的黄色木纹、纯净的白色

主要材料：加厚饰面板、车边水银镜、茶色玻璃、艺术玻璃、壁纸、抛光砖等

小贴士

设计师谈如何恰当使用水银镜面

　　水银镜可以提升视觉的深度，造成空间变大的假象，可是，如果用得过多，或者使用的地方不合适，就会适得其反。建议将其用在视觉前，不要用在视觉后。例如，坐在沙发上看电视的时候，电视墙就是视觉前，沙发背景墙就是视觉后。在电视墙上可以用水银镜和茶镜相互结合来做些简单造型，无论是横向或者纵向，点缀几条，再加上其他材料的一些造型，如饰面板等，简简单单，显得大气。另外需要注意的是，镜面安装结束后，边口的打胶处理一定要整洁且牢固，这样才美观又安全。

设计解析 ≫

　　设计本身所做的就是为了提高居住者的生活质量。一间雅致的居室意味着高雅和华贵，同时又是品质的体现，它不是拥挤和肃穆，而是静谧、庄重。在这套居室里，设计师试图把家变成一座圣殿，能使人获得精神上的放松，成为紧张的工作之余能够得以休息的温馨港湾。

　　在设计上，大量用到了水银镜和艺术玻璃等现代材料，并且运用白色线条与其衔接，使家的质感在这一虚一实的对比中越发显得清透与明丽。而大面积的黄色木纹的穿插，在与白色的组合中，又强化了空间的深度和层次。客厅、餐厅中水晶灯的运用打破了那份内敛与沉静的空间格调，也为户主对于品质生活的享受创造了氛围。

130m²化繁为简后的原味生活 >> 设计：沙建磊

设计元素：暖黄背景、紫红靠垫、充足的自然光

主要材料：乳胶漆、木饰面板、抛光砖、壁纸、雕花玻璃等

小贴士

设计师谈自然光在室内设计中的重要性

　　室内设计必须遵循以人为本的原则，为使用者创造一种安全、健康、能够满足生活需求的室内环境。空间的大小、色彩的协调、材料的选择、装饰的搭配都很重要，但最重要的还是光照，尤其是自然光。在进行室内设计时，首先要把握的应该是最大限度地利用自然光。因为人造光源再美，也无法与自然光赋予人的重要性和多变性相比拟。自然界的阳光不但培养人的心灵，它还能赋予建筑以灵魂，同时也是人类生活中不可或缺的要素。所以，在进行室内环境设计时，应该先充分发挥自然采光的特点，使整个空间融入一个和谐、统一的环境中。

设计解析 》》》

本案例中居室色调清浅，简约的家具与装饰，没有一丝矫柔造作，打造出朴素中见惊喜的原味家居。温润的木材质地贯穿于客厅、餐厅、卧室以及各个细节。连地板的色彩都很柔和，与浅咖啡色家具的搭配使得空间显得更为宽阔。而分布在各个角落的绿植花卉，以及客厅中紫红色的沙发靠垫与花朵挂画，让这个表面看似平静如水的居室在不动声色之中散发出撩人的魅力。

当然，明净、清亮的空间感，除了来自于色彩、材质所发挥的效用以外，还有赖于大量的自然光的普照。设计师几乎让每一个生活空间都充满了自然光。由此可见，居室的设计师很有巧地利用了居室的先天优势，凸显人性化的设计。

本案例的空间格局本身也很合理、通透。客厅、餐厅、厨房等外部空间按部就班分属各自领地。只是在空间过渡方面，设计师做了不同的设计。例如，客厅与餐厅之间的通道，一面墙装饰了一个大鱼缸，赏心悦目，也净化空气；另一面墙则沿墙做了一个吧台与展示架的连体造型，丰富生活功能，也让居室充满情趣与情调。厨房透明的推拉门设计，让餐厅的视野变得更加丰富与宽广，愉悦用餐心情。卧室简朴而整洁。

130m²用泥土色调制的轻盈与沉稳 >>> 设计：沙建磊

设计元素：泥土色家具、充足的自然光、讲究的灯光

主要材料：乳胶漆、抛光砖、壁纸、镂空屏风、深色木板材等

小贴士

设计师谈小空间里吧台的设计

　　小户型常常为了保持空间的通透性，会将部分非承重墙打掉，做成开放式，但又不希望彼此之间太过暴露或毫无分界，这时就可以做一些兼具多功能的家具或半隔断加以分隔。而对于那些追求生活品质或平常喜欢招待朋友的小空间屋主来说，就可以考虑做一个吧台。例如，将厨房和餐厅的分隔墙做成一道吧台，下面还可以做成餐柜，非常实用。此外，客人多时还能充当小餐桌。平常家人在此聊天喝酒也别有一番情调，非常适合多数小户型家庭。

设计解析 »

　　这个方案是设计师对前面居室的另一种设计。在这套方案里，设计师同样以白色为背景，家具则换成了更深的木质，窗帘、布艺等装饰品也以深色来呼应。所以，在整体设计的格调上则显得更为沉稳、淡定。由于居室本身的采光很充足，所以即便使用了较多的深色系也不会影响空间的明亮度与通透感。

　　在空间设计上，同样选择了开敞、开放式，并且将厨房彻底敞开，将餐厅与厨房之间的隔断墙以小吧台取代，象征性地

与餐厅分区，此时吧台又多了一个功能，即成为餐厅与厨房之间的传送台，充分发挥了实用兼美观的功能。

　　在造型上，线条更为简约、清爽。除了客厅电视墙选择了浅灰色，几乎所有墙面都选择了平白直铺。为了弱化过分的硬朗感，其中穿插了一些柔婉的元素，如现代风格的装饰画、绿植、灯光等点缀，使空间变得更亲切、更温暖。

管杰

中国建筑装饰协会会员、国家注册高级室内建筑师、中国建筑装饰协会官方网站推荐会员

现为博洛尼旗舰装饰装修工程（北京）有限公司钛马赫设计师

2007年"威能杯"中国住宅室内设计大赛暨设计师博客大赛铜奖

2008年北京"尚高杯"中国室内设计大奖赛"佳作奖"

2009年被评为杭州最受网友喜爱的室内设计师

作品刊登于《中国样板房年鉴》《别墅样板房》《上海室内装饰》《中国顶级室内设计》《搜房周刊》等业内多种出版物中

140m²港式设计的简约主张 >> 设计：管杰

设计元素：简约的线条、忧郁的蓝色、浪漫的灯光

主要材料：布艺、玻璃、大理石、木饰面板、壁纸、镜子等

小贴士

设计师谈如何利用灯光营造家居温暖感

　　我们都知道暖色能使人产生温馨的感觉，让家生出浓浓的暖意。所以，在选择灯光色彩的时候就要注意选择偏暖色的光源。运用暖色光源增加温度是室内设计较为常见的手法，让暖暖的灯光洋溢在家中的每个角落，再冰冷的材质都会折射出温柔的光芒。客厅用灯要避免采用中央的唯一大灯，这种灯光使得客厅显得呆板没有生气。卧室的灯光照明当然以温馨暖和的黄色调最好，因为营造柔和氛围是卧室环境的设计要点。其他如玄关的照明、走廊的装饰灯等都可以采用黄色光的灯具，这对营造整个家温暖的感觉非常有帮助。

设计解析 >>

　　这是一套风格为港式简约，带点儿浪漫、雅致的住宅，拥有酒店式公寓般的饱满与精致。"东风有时，西风有时，闲暇有时，独处有时，跳舞有时，沉醉有时"，设计师将港式设计细腻地融合到居住者的生活中。

　　居室色彩以米色为主色调，在造型上力求简约、大气、清新，立面及顶面处理采用最简练的直线元素；在装饰上采用布艺、玻璃、大理石等，再配以浪漫的灯光，穿插一点忧郁的蓝色来诠释雅致、简约以及现代的结构美与时尚美；在空间设计上，采用全开放式，如客厅与卧室之间仅用由大理石、镜子、饰面板构成的线条感强的电视墙形成半隔断，餐厅、厨房开敞设计，这种流畅、无障碍的空间感，彰显出港式简约设计风格特有的自由、浪漫与精致品位。

吴献文

非专业的专业设计师、文献装饰/吴献文室内设计工作室创始人、中国CIID

室内设计协会会员/金华分会理事

作品多次入选《TOP装潢世界》《上海搜房周刊》《品质家居》《最流行家装设计2000例》《照明周刊》《风尚创意美居》《旺家家居系列丛书》《最美的1500个背景墙客厅/餐厅/卧室系列》《99套最经典家居案例》《精致一居室》等系列书刊。个人多篇文字作品收录于国内知名杂志

2010年荣获搜狐"德意杯"室内明星设计大赛华东赛区优秀入围奖
2010年荣获99CAD网小户型室内设计大赛全国第三名
2009年荣获搜狐中国室内设计博客大赛杭州赛区三等奖
2009年荣获"杭城年度十大明星设计师"荣誉称号
2009年成为中国创意原创室内设计大赛"中国新锐设计师15强"代表
2009年99CAD网特约专访人物设计师
2008年荣获中国焦点房地产网浙江地区室内设计明星荣誉称号

设计心语

理性设计让感性生活更美好。力求以最合适的费用做出最适合的效果，用心、责任、态度、有心、认真、品质

60m²巧布局让小户型功能完备 　　》》　　设计：吴献文

设计元素：黑白对比色、开放的空间格局、清新木地板

主要材料：乳胶漆、亚光砖、强化地板、雪弗板雕花、烤漆玻璃、软包、壁纸、茶镜等

小贴士

设计师谈小户型如何做到"麻雀虽小，五脏俱全"

空间虽小，但也要功能齐备又不失品位，这是小户型空间在进行室内设计时要考虑的首要问题。那么如何做才能保证面面俱到呢？当然，方法很多，例如，减少墙面的阻挡，保持空间的贯通性，增添多功能的家具来完善生活需求等。最重要的是小空间需要在多功能和节省空间上做文章。例如，选用沙发床，平常可以放在客厅，有客人来时又可以当床用。一些不太好用的墙角也可以利用起来，在上面设计分层的搁板，展示有特色的装饰品或艺术品，也为空间装饰加分。如果担心墙面装饰过多会显得凌乱，也可以考虑向地下发展。仿照日式装修风格做些地槽储物。

设计解析 　》》

房子面积虽然不大，但在设计时同样需要考虑得面面俱到。这套居室的整体设计围绕酒店式公寓的概念展开，在围绕人体工程学的设计同时还要确保做到一个"简"字，将其做到简约而不简单。于是，在空间设计上，设计师将儿童房与客厅的墙拆除，扩大儿童房空间，确保儿童房的正常使用。厨房则采用全开放式设计，提升空间通透感。

而黑白配的色彩选择，让空间在对比中充满张力，同时弱化小空间的感觉。以白色为大背景主色调，局部穿插黑色，使空间显得更加轻盈灵动。

95m²丰富渐变的视觉空间 　　>> 　　设计：吴献文

设计元素：清浅的空间基调、印花布艺、绿植

主要材料：轻钢龙骨、石膏板、壁纸、强化地板、深白枫饰面板、烤漆板、清玻、烤漆玻璃、银镜、不锈钢、地毯、人造石等

设计解析 »

本案例的设计定位以现代、沉稳、静享、视觉空间为主题设计，以印象的概念展开规划，围绕绿色生活进行一系列的视觉对比，力求通过空间的色彩、造型、功能、材质、视觉等来做一种自主的定义。

客厅采用单排异形电视柜，结合壁纸、烤漆玻璃、饰面板等的运用来塑造一个内容丰富的视觉空间，同时将强化地板上墙，作为沙发背景墙，以此来最大限度地保证空间整体化。

沙发右侧引用小型吧台，以作休闲及装饰屏风之用。餐厅背景为艺术壁纸结合装饰层板，简洁大方。主卧空间简约时尚，床头背景利用原有的柱子空间做成装饰层板和装饰柜，在充分增加储物功能的同时，提升空间装饰效果。儿童房的设计相对梦幻一些，橙色、白色和蓝色的运用为空间增添了一份宁静和童趣。

105m²枫木与绿意生活 ≫ 设计：吴献文

设计元素：绿色墙面、珠帘隔断、充满生机的植物摆设

主要材料：轻钢龙骨、石膏板、乳胶漆、枫木、抛光砖、烤漆玻璃、烤漆板、银镜、软包、壁纸等

设计解析 》》

本案例是一套三室两厅居室的方案设计，家具采用枫木饰面板，以淡绿色结合白色为整体的主色调，营造出一个清新自然而又不失欢快的生活空间。

本案例的设计师共做了两套方案。

方案一是以米黄色为主色调，以饰面板为主要装饰主材，餐厅四周设计成门洞形式，以珠帘做点缀，突出自然随意气息。

方案二将色彩调轻，加入了更多的淡绿色与淡蓝色，干净而又清新。同时因考虑到进门看见餐厅以及餐厅边上为四个门洞不雅，故将进门之处引用弧形装饰玄关隔断，并将餐厅引用弧形隔墙来设计，将四个门洞避开，同时也将餐厅酒柜镶入其中。另外，因考虑到地采暖需要，客厅地面也改用地砖铺设。

其他地方基本无改动。阳台以抬高方式作为休闲之用，大大的落地窗让人可以尽情沐浴在阳光之中。卧室的设计无论从材质上还是色彩上都崇尚极简，以简洁的线条勾勒出精致的时尚生活，用温馨的灯光渲染出惬意的放松空间。

小贴士

设计师谈家居色彩运用与季节变换

　　家居色彩也讲究季节感。春季给人的感觉细腻而又透明，以黄色为主色的暖色调色彩群就很适合，但需注意的是最好选择浅淡、明亮、干净的颜色，如浅黄色、浅绿色、白色、米黄色等，切忌太暗的色调；夏季比较柔和、淡雅，家居布置适合以蓝色为底调，在同一色里进行浓淡搭配，避免反差大的色调；秋季华丽、复古，最适合以金色、黄色为主的浑厚浓重色调，金色的大面积运用能凸显家居的华丽，并衬托出主人的内在贵族气质；冬季悠闲、安静，简约风格最受推崇。纯色如黑、白、灰、藏蓝等，都是比较适合的颜色，但要注意在选择深重颜色的时候一定要有对比色出现。